AF452232

Double Suite

des

Hors-Texte en Sanguine

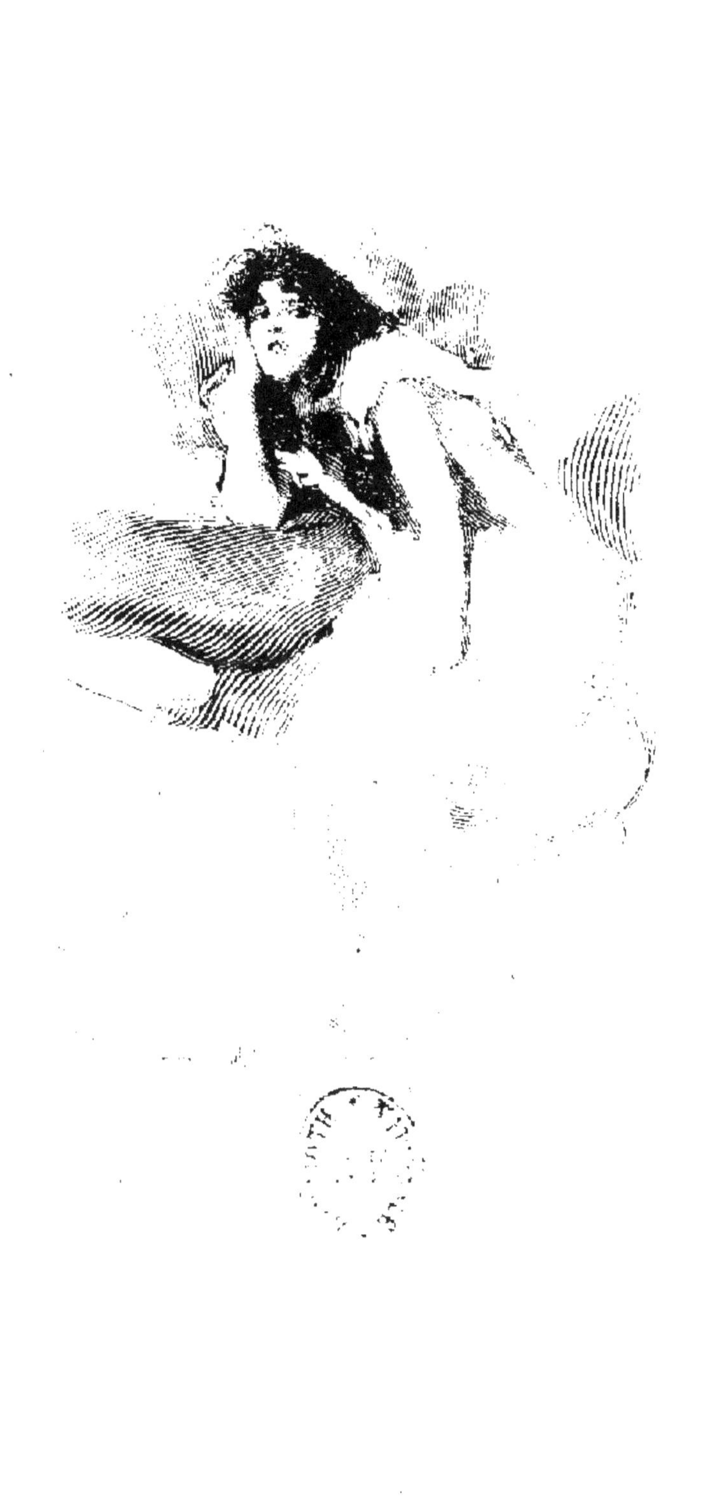

Nouvel Amour

Collections Édouard Guillaume
« Lotus Bleu »

J.-H. ROSNY

Nouvel Amour

Illustrations de L. Marold

PARIS

LIBRAIRIE BOREL

GUILLAUME ET Cie

21, Quai Malaquais, 21

M DCCC XCII

A G. GEFFROY

Nouvel Amour

I

Je ne dirai point que je me
suis mariée trop jeune. L'in-
fortune atteint qui lui plaît,
et l'attente leurre comme la

précipitation. Encore n'étais-je
pas responsable. A dix-huit
ans, la prudence doit venir de
nos proches : les miens me
poussèrent à suivre mon pen-
chant.

Il n'était pas aisé de se
prémunir contre celui que
j'aimais, alors qu'il se pré-
sentait comme fiancé. J'y
aurais pourtant réussi, s'il
l'avait fallu, car je suis naturellement encline à réagir
contre moi-même et à vouloir
bien faire. Cela sans aucun
mérite : c'est un pur instinct.

L'homme qui m'a humiliée,
jusqu'à défigurer l'univers entier et me faire désirer la

mort, est de la race pure des séducteurs. Dans une taille avantageuse, il réunit tous les dons de la grâce et de la souplesse : chacun de ses mouvements est agréable, et si l'on ne peut dire que son visage soit strictement beau, il n'en est guère de plus charmant.

Dans ses yeux brille une douceur audacieuse ; sa voix est aisée parmi le plus grand trouble, incomparable quand il parle bas. En un instant, il sait troubler les femmes, et sans leur ôter la parole, sans que la conversation languisse dans ces timidités affreuses qui séparent les êtres.

Je l'aimai bien vite ; je crois encore aujourd'hui qu'il

m'aima plus qu'il n'a jamais
aimé aucune autre femme; et
mon mariage débuta par un
joli bonheur, d'autant que
Georges mania merveilleuse-
ment ma destinée. Non point
qu'il eût aucune qualité très
profonde, pas plus qu'aucune
intelligence très haute. Les
grands charmeurs sont *extérieurs*. Ils ont, comme les
grands politiques, une admi-
rable entente superficielle des
êtres. Cela suffit presque toujours. On ne conduit guère
une créature par ce qu'elle a
de plus rare, de plus subtil
ou de plus exquis. La séduction des femmes comme la
séduction des foules repose
sur une certaine rapidité vul-

. . . .

gaire et sur l'observance de grosses règles.

Georges, en me comblant de caresses, d'attentions faciles, satisfit à certains traits tout extérieurs de mon caractère, et se fit adorer. Une facilité infinie à changer d'impressions empêchait qu'on ne se lassât de sa présence. Aucun de ses tics ne déplaisait. Sa vie débordait sur l'entourage, gracieuse, fugitive, brillante, nonchalante.

Et cependant, je n'étais pas *sympathique* à mon mariage.

Il y avait dans les actes de

....

Georges... dans *chacun* de ses actes... quelque chose qui m'inquiétait. C'était, au fond, la manière dont il envisageait la vie. Il semblait toujours vouloir que tout fût défendu et goûter ensuite une joie nerveuse à enfreindre la défense. Il tâchait de donner un caractère coupable aux plus légitimes tendresses, et il manifestait alors une ardeur, une vivacité qui me troublaient.

Si bien que, même en ces premiers mois d'ivresse et de douceur, j'avais l'impression d'une étrange équivoque.

Or, il est dans ma nature d'exécrer l'équivoque. Pour si peu qu'un plaisir me paraisse mauvais, je ne puis plus que souffrir. Je suis tendre, enthousiaste, capable de révolte et même de violence, nullement esclave des préjugés, mais mon enthousiasme, ma révolte ou ma violence sont toujours en faveur de la clarté.

Je puis être injuste, mais par erreur. Je puis être coupable, mais par faiblesse, et en détestant ma faiblesse.

Malgré la disparité de nos caractères et cette demi-inquiétude intermittente, j'étais, je le répète, parfaitement heureuse. Pendant la période de voyage, dans le gai désordre d'un continuel changement, la vie de Georges rayonnait

exquisement sur la mienne.
D'instinct, je m'efforçais de
ne pas analyser, de prendre
l'amour et les beaux paysages
avec ingénuité. Mon âge y
portait tout naturellement, et
la passion de mon mari était
si forte alors, si fervente,
qu'elle emportait tout, comme
les grands fleuves emportent
les plantes et les arbres tombés
des rives.

II

Mon malheur fut brusque

et décisif. — une chute dans l'abîme.

C'était une nuit. Je m'étais éveillée inquiète. Tandis que je regardais autour de la chambre, j'entendais pleurer mon enfant. Il se tut d'ailleurs tout de suite, mais je n'en demeurai pas moins nerveuse. Je regrettai une fois de plus d'avoir cédé à Georges, qui avait voulu que le petit dormît dans un autre appartement.

Après un moment d'incertitude, je me levai, je montai

....

à la *nursery*. Il se trouva que tout allait bien. L'enfant se rendormait.

Comme je m'en revenais par le couloir, un objet blanc frappa mes regards. C'était une lettre, sur le parquet. L'enveloppe était ouverte des deux côtés, la lettre plus d'à moitié sortie. Je me baissai, et, au moment où j'allais ramasser le tout, je lus, involontairement, une demi-ligne : « ... Baisers sur tes chers yeux... » Puis, retournant l'enveloppe, je fus prise de terreur, à la vue du nom de mon mari. Un détail me fit concevoir une faible espérance : l'adresse n'était pas la nôtre. Un regard sur le tim-

brage ramena la terreur :
17 *mai* 18....

J'affirme n'avoir eu primi-
tivement aucune idée de
violer le secret de la lettre.
Même l'équivoque adresse ne
m'aurait pas fait consentir à
l'indiscrétion. Mais les paroles
lues me donnaient toute auto-
rité, toute licence, ou sinon
la distinction du légitime et
de l'illégitime cesse d'avoir
aucune signification.

Je dépliai donc, en trem-
blant, l'affreux papier. Et
ce fut au delà de tout ce
que j'avais imaginé. Cynisme,
brutales tendresses où les
mots devenaient semblables à
des gestes, cela n'était rien ;

....

mais des moqueries, des risées contre l'épouse, d'inutiles et lâches injures dont plusieurs répondaient évidemment à des propos ironiques de mon mari. Je goûtai en une minute tout ce que la tromperie emprunte de hideux aux pires sentiments, tout ce qu'un sale libertinage ajoute au mensonge et à l'hypocrisie.

Au-dessous, un prénom que je reconnaissais bien, comme d'ailleurs j'avais reconnu l'écriture, — le prénom d'une femme qui, sans être de mes intimes, avait été reçue avec cordialité et douceur.

Je demeurai bien une demi-

heure dans ce couloir. Une
sorte d'inertie tenait ma peine
captive, tout mon désespoir
n'arrivait pas à se faire jour.
C'était une demi-mort, un
enseignement épouvantable,
une crue et brûlante lueur sur
l'humble mystère de mon mariage. Je voyais distinctement
mon époux disparaître; un
ennemi sans pitié se tenait au
bord de ma destinée; et si je
pouvais encore espérer du
repos, je ne pouvais plus
espérer de joie. Encore, le
repos, ne devais-je y pré-
tendre que dans un entier
détachement. Il fallait qu'*il*
ne me fût plus de rien, —
que je pusse lui retirer entièrement mon corps et ma

tendresse, — soit en habitant
une autre demeure, soit en
me résignant, pour mon fils,
à une apparente vie com-
mune. Toute autre solution
ne pouvait être que souillure,
honte, retour plus amer de
l'ignominie.

Car je n'eus pas un seul
instant de doute sur la vraie
nature de Georges. Ce qui
sommeillait en moi durant les
temps de mon bonheur, ce
peu de *sympathie* que j'avais
pour mon mariage, cette dé-
fiance à voir mon époux trans-
former chaque acte en fruit
défendu m'éclairèrent jusqu'aux profondeurs. Je vis
distinctement la corruption
infaillible, la force infinie de

la perversité et que pour
toute la vie ce serait non
seulement la trahison, — je
l'eusse pu pardonner, — mais
la raillerie et la volupté du
mensonge, la caresse infâme,
goûtée par comparaison avec
des caresses étrangères, la
joie de me tromper avec d'autres femmes et encore de
tromper d'autres femmes avec
moi.

Comment ces idées me vin-
rent, je l'ignore en vérité. Il
faut croire que les grandes
émotions nous font aller au
delà de notre être et nous
révèlent l'existence des senti-

....

ments qui nous sont le plus
étrangers. Il n'y eut même
rien de vague dans mon
esprit : je raisonnais et conce-
vais avec une précision parfaite.

Cette précision tomba lorsque je sortis de mon inertie.
La peine éclata à me briser la
poitrine. De longs sanglots,
d'autant plus pénibles que je
les refoulais, l'immense horreur du jeune amour assas-
siné d'un seul coup, la peur
sinistre de l'avenir...

Glacée de larmes, je sortis
enfin de cet affreux couloir.
Je méditai longtemps dans
ma chambre.

Ma jeunesse repassa entière,
mon innocence de la veille,

mon enveloppement au foyer,
ma liberté mystérieuse comme
le trésor de l'avare, chaque
matin enchanté de promesses
neuves. Ah! que mon choix
ne se fût point porté sur
celui-ci, qu'un des autres qui
voulaient m'aimer, fût par-
venu jusqu'à mon cœur, et
m'eût tenue à son ombre!

Il m'eût peut-être aussi
trahie, mais beaucoup plus
tard, et sans railleuse cruauté,
sans joie de mensonge, —
avec crainte, avec scrupule!
Tandis que celui-ci...

L'aube vint, et avec elle

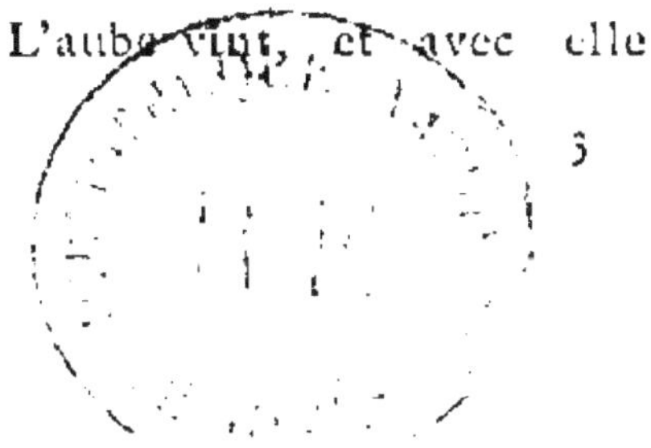

un peu de repos, le som-
meil pénible des misérables.

III

Je dormis peu, — le batte-
ment de mon cœur m'éveilla
tandis que Georges reposait
encore. Il sembla que mon
malheur durait depuis des
années. Je méditai dans un
calme funèbre, et mes sentiments se trouvèrent semblables à ce qu'ils étaient dans la
nuit. Je sentis que je n'aimais
vraiment plus mon mari, au

point de ne presque pas le
haïr. Je relus la lettre, pour
me bien confirmer de son im-
portance ; j'en vis plus nette-
ment encore l'ignoble raillerie
répondant à des railleries
antérieures. Georges se pré-
senta vers neuf heures. —
Nous avions gardé, des premiers mois de notre mariage,
l'habitude de prendre ensemble
une tasse de café. Rien en lui
ne décela la plus légère inquiétude, soit qu'il ignorât
avoir égaré sa lettre, soit
qu'il crût l'avoir laissée au
dehors.

Il avança avec sa familiarité
souple, — dont le charme est
indéniable, — voulut m'em-
brasser. Je lui dis à voix

. . . .

basse, un peu tremblante :

— Non, tu m'as donné hier le *dernier* baiser.

Malgré le ton et l'attitude, il crut à une sorte de badinage, se mit à rire :

— Ma chère Lucienne...

Je le repoussai avec un calme triste et ferme.

— Reprends cette lettre, murmurai-je.

Il devint pâle, il prit la lettre, y jeta un regard, chercha quelque prétexte pour nier, puis son visage prit l'aspect de la plus vive agitation :

— Mais c'est une plaisanterie, balbutia-t-il... Comment as-tu pu t'y laisser prendre?

Je demeurai immobile, mes

yeux fixés sur les siens.

— Mon trouble ? s’exclama-
t-il... Mais il est tout naturel...
tout autre à ma place... Je te
jure, ma chérie... Ce n’est
qu’une amusette... Si tu avais
lu de sang-froid...

Je continuais à garder le
silence. Il passa de côté, de
manière à me dérober son
visage, et tenta de me saisir
entre ses bras. Je ne le laissai
pas approcher :

— Te trahir et pour une
pareille guenon ! s’écria-t-il...
Mais regarde-toi donc dans la
glace... Est-ce que j’ai pu
offenser ces traits... ces yeux
charmants...

— Ne t’avilis pas inutile-
ment ! fis je enfin... Il n’y

aura plus rien d'intime entre toi et moi... Tu gaspillerais tes mensonges !

Il se mit à parler longuement, d'une voix entre-coupée, sans que je répondisse un seul mot, et tentant encore de me saisir. Il y eut un moment de véritable lutte ; il m'attirait vers lui, criant :

— Mais je t'aime !... je n'ai jamais aimé véritablement que toi... je t'aime à mourir...

La passion tremblait dans sa voix, et d'autant plus me faisait-il horreur, car je reconnaissais l'ardeur du fruit défendu, le violent désir de me posséder dans ma douleur, de sentir, contre les siennes, mes lèvres désespérées.

....

— Finissons-en, lui dis-je...
Je ne suis pour rien dans ce
qui arrive. Je n’aurais rien
aimé davantage que de t’ho-
norer, de te chérir jusqu’à ma
dernière heure. Mais aussi sûrement que je t’aurais été une
une épouse bonne et fidèle,
capable même de pardonner
un moment d’égarement, aussi
sûrement te serai-je une étran-
gère, pour laquelle ta vie ne
comptera jamais plus...

— Ah! fit-il avec une es-
pèce de fureur... C’est donc
pour te conduire mal que...

— En ce point encore, dé-
trompe-toi... je ne serai à aucun autre homme... même à
un homme aimé... sauf, cependant...

. . . .

— Sauf?

J'hésitai. L'idée qui me venait était singulière, je n'en apercevais pas l'origine.

Je crus ne la point exprimer, mais elle jaillit malgré moi :

— Eh bien ! fis-je avec un peu de bravade... Crains seulement de blesser dans son honneur celui que j'aimerai, — si par hasard il était marié.

Il essaya de prendre un ton menaçant :

— Cela désigne-t-il quelqu'un ?

— Non !

Il me regarda attentivement, de son œil aigu d'observateur, puis, d'une voix suppliante :

— Pardonne - moi, Lucienne... plus jamais, sur l'honneur, je ne t'offenserai... Cette heure me sera, pour la vie, un obstacle...

A tout autre moment j'eusse pu m'y laisser prendre, — mais j'étais alors dans une sorte d'excitation lucide qui me faisait discerner l'hypocrisie à travers la prière :

— Je t'ai tout dit pour le présent, répondis-je avec calme. Tu sauras demain les résolutions que j'aurai prises quant à ma vie matérielle.

Et je me retirai.

IV

Je ne quittai pas le domicile conjugal. A force de supplications, mon père, être timoré, qui craignait par-dessus tout le scandale, réussit à me faire accepter la vie commune.

Je me fis une existence spéciale, ne rencontrant mon mari qu'aux heures des repas, — encore pris-je l'habitude de déjeuner dans ma chambre, — fréquentant peu le monde, toute à mon enfant et à quelques rares amies. Je n'étais point heureuse, — mon âge protestait contre le néant d'amour, — mais assez résignée, ne demandant à la vie que ce qu'elle me pouvait encore donner, le calme. Je croyais pouvoir passer ainsi ma jeunesse; je me considérais mélancoliquement comme une espèce de cénobite. Coup sur coup, deux événements me vinrent détromper.

Le premier fut la mort tragique de mon père. Il périt durant une excursion de montagne, — surpris par un éboulement, dans un endroit où de mémoire d'homme il n'était survenu d'accident. Son agonie fut affreuse. Elle dura trois jours : il voulut presque constamment m'avoir à ses côtés. Le souvenir de ses souffrances, ses cris, ses larmes, ses prières, son épouvante, dureront éternellement en moi. Durant les temps qui suivirent, mon imagination ne cessa d'être pleine d'horreur. Je n'avais de consolation que dans mon petit Lucien et dans une amie d'enfance, Emmanuèle de G..., qui me devenait plus chère à mesure que ma vie se faisait plus sombre. Elle semblait m'être profondément dévouée. Assez

laide, même disgracieuse, elle
était parfaite d'humeur, pleine
d'attentions qui touchaient.
Tout en elle attirait la confidence : son intuition fine, son
ingérence jamais hors de propos, sa discrétion parfaite,
relevée du plus joli tact, et
l'art, charmant entre tous,
des paroles efficaces.

Aussi lui avais-je confié toute
ma vie douloureuse, jusqu'en
ses plus légères nuances. Ces
confessions avaient été mon
principal réconfort. Je rece
vais en retour, non seulement
la tendresse et la consolation,
mais les meilleurs conseils.
Emmanuèle était de moitié
dans l'ordonnance de mes
journées, dans l'éducation de

....

mon enfant; nous voyagions ensemble, lisions les mêmes auteurs, avions les mêmes croyances.

Je méditais, un après-midi, sur cette amitié si parfaite, attendrie au point que je finissais par convenir qu'avec une telle amie, mon sort avait encore du charme. Dans ce moment, on vint m'apporter des lettres. L'une d'elles attira tout de suite mon attention : elle venait d'Emmanuèle. Je la pris avec inquiétude, — car mon amie ne m'écrivait guère, et d'ailleurs j'attendais sa visite en ce moment même :

il devait y avoir quelque empêchement. Mais au premier
coup d'œil, mon cœur gela.
Une fois de plus les ténèbres
et la terreur! Une fois de
plus l'implacable vision du
néant. Je lisais :

« Voici deux mois que je
te trompe, dans un mortel
repentir, sachant que je ne
suis pas même aimée, mais
sans force devant le moindre
de *ses* gestes. Pourquoi m'a-
t-il voulue, hélas! Je ne crois
pas qu'il ait eu d'autre motif
que de séduire ta plus intime
amie. Aujourd'hui, je trouve
enfin le courage de fuir —

peut être parce que je sais
qu'il va ne plus me vouloir —
et je te jette ce cri de re-
mords et d'agonie, ce cri
d'éternel adieu.

» EMMANUEL. »

Je demeurai longtemps à
pleurer comme un petit enfant. Comment dire la sinistre
révolte, la haine de l'humanité, presque le besoin de
commettre à mon tour quelque trahison salissante, de se-
couer ma déchéance d'honnête
femme par de la déloyauté,

de la perfidie et du men-
songe ?

S'il n'y avait pas une fata-
lité de franchise et de loyauté
comme il y en a une de corruption et d'hypocrisie, le
monde humain, sans doute,
n'aurait pu vivre. Le mythe
est profondément vrai qui fait
porter par des innocents le
mal des coupables. La plus
légère observation démontre
que, partout, le meilleur
souffre pour le pire, que le
plus doux expie pour le plus
cruel.

Tout ce qu'on peut dire,
c'est que cette expiation

et cette souffrance non mé-
ritées ont une secrète séduction que n'a point le châ-
timent. Certes, dans le chaos
des êtres, il est une majorité
de neutres qui, alternative-
ment, jouent le rôle de vic-
time et de bourreau, mais il
est beaucoup d'âmes excel-
lentes qui ne connaissent guère
ni l'instinct de faire souffrir, ni l'appétit de la ven-
geance.

Je suis de ces dernières trop
sûrement pour que j'hésite à
le dire. Mes rêves de ven-
geance et de perfidie n'eurent
aucune durée. Je continuai de
vivre pour mon fils, plus so-
litaire, et je dormais d'un
grand sommeil d'âme, une

sorte d'anesthésie sentimen-
tale, lorsque parut devant moi
celui qui devait faire refleurir
les joies et les souffrances de
l'amour.

V

Il ne m'était pas complè-
tement inconnu. Je l'avais vu
jadis, durant quelques jours,
chez des amies de mon père,
à la campagne. Il m'avait plu
autant qu'il se peut dans un
temps si bref. Il frappait dès

l'abord par un visage sensitif, ensemble grave, timide, sincère. Il intimidait jusqu'au découragement par une habitude de silence et de réserve. Lorsqu'il parlait, c'était quelque réponse courte ou quelque renseignement trop précis. S'il lui arrivait de développer une pensée, un sentiment, il le faisait avec un goût sûr qui s'élevait à l'éloquence. Peut-être, dans ces moments, tenait-il la parole plus longtemps qu'il ne convenait. On ne pouvait se défendre de l'estimer, — il vous laissait, après quelques jours, un charme secret, presque une obsession, la surprise de voir ses moindres actes gravés dans

le souvenir. Cette impression
fut commune à la plupart de
ceux qui l'approchèrent ; mon
père avouait n'avoir de sa vie
été aussi curieux d'un homme
que de celui-là. Quand je le
revis, cinq ans après qu'il
avait quitté Paris, il s'était
marié avec une Anglaise,
une de ces charmantes et
dangereuses créatures qui
sont, comme dit Maubourg,
« de la troisième race anglo-
saxonne ».

Au plus observateur, il est
impossible de les connaître
avant une fréquentation de
plusieurs années, et à ceux
qui les aiment, elles jettent
mieux que quiconque le ban-
deau d'aveuglement. Elles ne

sont pas toujours mauvaises à
l'origine, mais elles sont infiniment sujettes à le *devenir*,
et savent alors déployer une
force de mensonge et une
bravoure de dissimulation qui
passe tout ce que le continent
produit en ce genre de plus
achevé.

Il semble que celle-ci
ait beaucoup aimé Roland
Chavane à l'origine et qu'elle
ait conçu une sorte de haine
contre lui à la longue, parce
qu'il avait trop bien appris à
démêler les détours de sa nature. Il l'aimait cependant,
non point comme aux pre-
miers temps, mais avec le
souvenir d'une tendresse qui
fut violente et dont il demeu-

rait un goût très vif pour la beauté de cette femme.

Je rencontrai l'un et l'autre un soir de réception, dans une des rares maisons où Georges m'accompagnait encore.

Roland Chavane me reconnut; il fut présenté à mon mari. Il témoigna qu'il se souvenait de notre rencontre de jadis, parla de mon père en termes qui m'allèrent au cœur. Sa femme marqua du goût pour ma compagnie et désira pousser plus loin la connaissance. Il s'établit une manière d'intimité qui ne tarda pas à me déplaire, car Georges y participait et même se montrait assidu. Je rêvais

6

au moyen de la rompre, lorsqu'un après-midi, Roland s'abandonna à m'entretenir assez longuement. Nous étions seuls. Mme Chavane avait donné rendez-vous chez moi à son mari et n'était point venue.

Roland, à l'encontre de toutes ses habitudes (il me déclara plus tard combien il en avait été surpris lui-même) me fit une sorte de confidence sur l'horrible aventure que c'est de n'aimer que la franchise et d'être uni à un être de duplicité. Quoiqu'il parlât à mots couverts, il y avait une telle identité entre les sentiments qu'il exprimait et les miens propres, que j'en de-

meurai saisie. Je le regardais
avec une sympathie si évi-
dente, qu'il céda à l'amère
douceur de se confier, — et
sans doute aussi pressentait-il
la similitude de nos posi-
tions.

Il s'arrêta enfin, d'une manière un peu brusque, de-
meura gêné. Sa gêne me
gagna ; nous n'osâmes plus
nous regarder. Quand il se
leva pour partir, nous eûmes
enfin le courage de lever les
yeux et alors entra chez moi
quelque chose de doux, de
triste, d'éternel : la certitude
que si cet homme avait pu
être mon époux, ma vie ter-
restre eût été parfaitement
heureuse.

VI

Il se passa tout un hiver sans que nous eussions une causerie aussi intime. Roland et sa femme demeuraient assidus ; mon mari continuait à me gâter cette liaison. Mais je ne songeais plus à la rompre. Encore qu'une réserve timide régnât entre Chavane et moi, sauf la seule exception — et combien discrète ! — de sa confidence, je n'éprouvais de bonheur que lorsqu'il était présent.

Je ne pensais qu'à mon
fils et à lui; son charme
germait comme la frêle et
tenace fleur des silènes sur
les rochers déserts. Dans mon
veuvage, dans la claustration
de mon cœur, c'était la Lé-
gende, la lente et sérieuse lé-
gende où chaque jour ajoutait
quelque forme indécise. Tremblante encore d'effroi, meur-
trie de méfiance, j'élevais vers
lui la muette prière du faible
au puissant. Je croyais en sa
droiture ; je me réfugiais vers
sa loyauté — et je n'avais soif
que de droiture et de loyauté.
Je cherchais, hors du monde
ignoble où m'avait entraînée le
menteur, un *maître* qui ne
faillit pas à sa parole, devant

qui je pusse trembler pour mes faiblesses et m'agenouiller pour mes travers. Ame sevrée d'amour, ardente à être fidèle, oh ! que j'aurais sacrifié la plus grande part de ma vie pour quelques années de cette domination.

Mais cela n'était point possible, ou du moins désespérément improbable. Il aurait fallu que la lâcheté et l'hypocrisie fussent absentes de notre aventure, et comment cela se pourrait-il faire ?

J'y méditais un jour. C'était vers le milieu d'avril, par un temps de pluie. Douce pluie où se riaient les passereaux du jardin, où les plantes captives ourdissaient plus gaiement leur trame. Il me semblait y voir le parc où je rêvais à Jésus-Christ, l’âme confiante et fraîche comme le bouvreuil qui nous venait voir l’hiver et qui m’attendait au printemps, dans les allées, plein de tendre courage. Le bonheur était suspendu à la haie verdissante, reflété dans l’étang, galopant avec les jambes agiles et sèches du chevreuil au fond de la hêtraie. Je l’entendais chanter avec les pluies, avec le tremble et la grive d’orage, épiant celui qui devait venir parmi les passe-roses, tandis que les romans bruissaient tous ensemble dans ma tête...

Tandis que je rêvais ainsi,

....

la porte s'ouvrit ; j'entendis la voix du domestique annoncer Roland Chavane.

Il s'avança ; je fus frappé de son visage assombri. Il demeura à m'observer en silence : c'était un mélange de douceur, de supplication, d'interrogation ; l'émotion était belle à voir sur son visage et dans ses yeux.

Je ne pus m'empêcher de lui dire :

— Que vous est-il arrivé ?

— Rien de précis, — mais pire !

Il me regarda encore, et mille questions muettes dans ce regard.

— Écoutez, fit-il presque à voix basse... Vous êtes malheureuse; j'en sais toute la cause. C'est un point sur lequel je suis sûr que vous ne feindrez pas. Je connais votre caractère, — je l'ai appris durant toute cette saison, — et sans mérite, car chacun de ceux qui vous approchent conçoivent sur vous une opinion identique. Si vous avez pour moi quelque peu de l'estime que j'ai pour vous, le moment est venu où je puis sans scrupule vous offrir mon amitié. Je suis, — ou je vais être, — aussi malheureux que vous-même.

Je lui tendis la main en silence, il la prit, la pressa d'un mouvement vif et clair :

— Quand bien même, re-

....

prit-il, un autre sentiment que
l'amitié serait en moi, vous
êtes persuadée que je puis être
un pur ami, et toujours agir
comme tel, tant que vous le
vous le voudrez?

— Je sais, répondis-je, que
ni vous ni moi ne pourrions
rien faire dont nous ne fus-
sions prêts à prendre l'entière responsabilité.

Il garda le silence, comme
attentif à la pluie qui frappait
sur les vitres, puis il demanda :

— Êtes-vous assez indiffé-
rente aux actes de votre mari
pour qu'on puisse tout vous
dire?

— Tout!

— Je n'ai point cette indif-
férence à l'égard de ma femme,

et, décidé à me séparer d'elle au cas où elle me tromperait, je sens que je souffrirai amèrement le jour où l'*inévitable* arrivera.

Je ne connaissais pas assez Mme Chavane pour ne pas être étonnée. Sans doute, j'avais la sensation confuse de sa duplicité, mais sans que j'eusse pénétré bien avant :

— Pourquoi l'*inévitable* ? demandai-je... Ne pouvez-vous pas...

— Je ne puis rien ; c'est un vieux procès jugé depuis long-temps. J'attends depuis dix-huit mois, sans pouvoir me résigner, que l'heure sonne du dénouement fatal. Nul être au monde, si ce n'est par une ré-

. . . .

pugnante et d'ailleurs impossible violence, ne saurait con-
traindre ma femme à la fidélité. Elle est faite pour trahir
comme elle est faite pour char-
mer. Il n'y a point de remède
pour ces âmes, et celle-ci je
l'ai bien étudiée, j'ai *voulu* la
connaître. J'y ai réussi, pour
avoir suivi la seule méthode,
qui est de ne pas séparer le
caractère conjugal de sa femme
d'avec le caractère qu'elle
montre dans ses relations avec
les autres êtres. Les plus ha-
biles faussent la balance dès
qu'il s'agit de peser les faits
du tête-à-tête. En me rappe-
lant cela en toute circonstance,
j'ai pu arriver à me faire de
Ruth une idée nette, à avoir

sur sa vie une fenêtre assez
bien ouverte pour y pouvoir
regarder à tous moments...

« Et cela, ajouta-t il, avec
un sourire mélancolique, sans
être un observateur bien
perspicace !

— Mais ne vous trompez-
vous pas en sens inverse de
ceux qui agissent comme si
leur femme avait une double
personnalité ?

— Non. Ma certitude est
complète... elle est le résultat
de très calmes observations.
J'ai toujours surveillé ma
femme en variant les mé-
thodes. Il n'est sorte de piège
que je ne lui aie tendu, dans
les limites de la courtoisie,
en paroles ou en actes. Ce

que j'ai fait de pire, c'est
d'employer, par périodes, un
ancien agent de la sûreté,
homme infiniment habile et
qui se ferait hacher plutôt
que de manger à deux râte-
liers. Mais c'est ma femme
elle-même qui m'a le plus
servi.

« Il ne s'ensuit pas que
l'arrière-fond de ses sentiments m'ait été révélé. Mais
cela n'est pas nécessaire. C'est
par des notions brèves qu'on a
prise sur les foules comme
sur les individus : peu im-
porte de savoir le nombre des
tentations aléatoires ou des
mauvais désirs lointains. Le
point est de mesurer par
à peu près les résistances. Je

....

l'ai fait, et, à n'en pas douter, je ne puis plus compter sur sa fidélité. »

Il s'arrêta, parut prendre une résolution soudaine.

— J'ai dit que je pouvais sans scrupule vous offrir mon amitié. La raison en est que votre mari fait la cour à ma femme, avec des intentions suffisamment évidentes pour que je le doive considérer à la fois comme votre ennemi et le mien. Il est l'un des deux hommes entre lesquels hésite la fantaisie de Ruth.

Je le confesse, le sentiment qui s'empara de moi n'eut rien de triste : un espoir confus, bouillonnant, délicieux... Je me souvins de

. . . .

l'unique menace faite naguère à Georges, et j'entrevis la possibilité de sa réalisation.

— Mon mari ne peut pas devenir mon ennemi plus qu'il ne l'est, murmurai-je... et pour que je vous devinsse la plus dévouée des amies, il suffisait de me le demander. Confiez donc à votre amie ce que vous désirez lui confier, et ne craignez pas d'abuser de sa bonne volonté ni de son désir de vous être utile.

Son grave visage prit une expression de tendresse infinie :

— Je ne voulais aujourd'hui que vous proposer mon amitié et vous confier mes craintes. Mais de ce moment, il n'est rien de ma vie que j'hésite à vous confier.

Nous demeurâmes en silence. La pluie s'arrêtait sur les vitres, — il passa un vague rai de soleil, et l'espoir parut inscrit sur les nuées, — la grâce inconnue, la douceur de vivre qui m'arrivait ainsi qu'une linnée aux confins d'une funèbre moraine !

VII

De ce jour, il revint me

. . . .

voir plusieurs fois par se-
maine. Il me contait par le
menu les phases de son
attente. Malgré qu'il n'aimât
plus sa femme, son chagrin
était vif et sa colère violente.
Mme Chavane ne se décidait
pas à choisir, et Roland pré-
tendait que son incertitude
seule entre deux prétendants
retardait la chute.

Peu à peu j'en arrivai à
partager entièrement sa con-
viction. Je sentais comme lui
qu'aucune force morale ne
pouvait empêcher sa femme
d'être adultère, comme aucune
force n'avait pu arrêter Georges
de me martyriser.

J'y songeais durant ces
longs crépuscules de mai; je

me figurais de plus en plus clairement le drame qui se passait au foyer de mon ami. Et tout d'abord, je partageais sa peine et les tortures de son incertitude. Puis, le souhait grandit de jour en jour que, puisque le dénouement était inévitable, Georges triomphât de Mme Chavane, et non l'autre.

Je repoussai quelque temps ce désir, auquel je trouvais une tournure déloyale, — non point en ce qui concernait mon mari assurément, mais en ce que je ne devais vouloir ma joie à aucune douleur de Roland. A mesure, je tâchais de me persuader que son propre bonheur y était intéressé. Mais je sentais n'en être pas très sûre, et je souffris de voir une attitude spécieuse à mon esprit.

Je me disais, pour m'excuser, que je ne souhaitais vraiment la séduction de Mme Chavane par Georges qu'à la condition que Roland m'aimât au point de souffrir surtout de ne me point avoir... Au surplus, mon ami ne souffrirait pas moins si sa femme le trahissait avec l'*autre*.

Dans le fond, tout cela était vrai, — aussi bien finis-je par convenir que je ne me disputais avec moi-même que sur la forme de mes sensations et non sur mes motifs. Ceux-ci

étaient bons, mais il pouvait
se mêler à ceux-là quelque
perversion qui me faisait horreur, par l'idée que je devais
tout oser dire à Roland
lorsque le moment serait
venu, et que je n'étais pas
suffisamment sûre de lui dire
ceci avec franchise.

Durant ces doutes, il reve-
nait me voir, m'ouvrait de
plus en plus son cœur, et me
montrait n'avoir soif que de
confiance et de fidélité.

J'hésitais toujours. Les événements furent plus vites que
mes résolutions. Je me trouvai
prise au dépourvu le jour où
Roland arriva, pâle et dé-
composé, m'annoncer le dénouement proche :

— C'est votre mari ! murmura t-il sans préparation...

« Tantôt... à cinq heures... elle doit le rejoindre... j'ai l'adresse... »

Il fit quelques pas d'un air sombre. Une pitié infinie s'éleva dans mon âme ; d'abord je ne sentis vraiment que sa douleur, je fus l'écho de son *moi*, de la jalousie, de l'orgueil, de la misère qui contractaient ses lèvres et creusaient ses tempes.

Puis le désir de le voir guérir me domina, avec la vision du doux et long bonheur, de la divine consonance de vie.

— Que puis je faire ? murmurai-je d'une voix basse...

En quoi puis-je vous aider...
en quoi puis-je soulager votre
peine?

Il s'arrêta, il me jeta un
regard incertain, où tant de
sensations se reflétaient qu'il
ne fallait pas essayer d'y lire.

— Je ne sais pas! fit-il avec
accablement.

Le silence. Il s'était assis.
Il appuyait son front sur sa
main. Et je fus pleine de
doute, pleine de tremblante
incertitude. Il ne me semblait
plus être aimée, — du moins
assez fort pour qu'il sacrifiât
instantanément colère et jalousie.

Je crus qu'il se pourrait
que notre communauté de si-
tuation, notre rôle de victimes,

. . . .

éloignât sa tendresse amou-
reuse et ne laissât que l'amitié. Je me rappelai avoir trop
souvent entendu dire que la
similitude de misère n'est pas
très propice à rapprocher les
êtres, — et que celui qu'on
trompe éprouve de l'éloigne-
ment pour qui est trompé.
Quoique j'éprouvasse tout le
contraire, j'eus soudain la plus
vive appréhension qu'il n'en
fût ainsi pour Roland.

Pleine d'épouvante, je demeurai indécise, sentant que
l'heure de mes destinées son-
nait et n'osant faire un mouvement. Puis, une sorte de
désespoir, la vision qu'il fallait tout risquer, que c'est
maintenant ou jamais que je

saurais si la vie vaut la peine d'être vécue :

— Quels sont vos projets? demandai-je en m'assayant en face de lui.

Il leva la tête. Il me regarda attentivement; il remua deux ou trois fois les lèvres sans parler.

— Que pourraient être mes projets... sinon... fit-il enfin.

— L'aimez-vous encore?

— L'aimer! Assurément non, — mais le seul souvenir de mon amour pour elle suffit à me rendre ce moment épouvantable... et aussi le sentiment du vide, — le noir vertige de l'avenir.

— J'ai souffert tout cela... en silence... sans nul être pour

....

avoir pitié de moi .. Du moins j'ai pitié de vous.

— En vérité, avez-vous pitié de moi?

— Oui, moins cependant que tout à l'heure.

Il fit un geste où se peignait une ardente curiosité :

— Pourquoi moins que tout à l'heure?

— Parce que j'en sens trop l'inutilité... ma pitié ne peut vous être d'aucune consolation, de même la vôtre n'aurait en rien pu jadis diminuer ma peine. On ne porte ensemble que les sentiments qui se confondent.

— Il y a au moins un sentiment en nous qui se confond.

— Lequel ?

— Notre haine contre votre mari.

— Je ne le hais plus... Il a cessé d'exister dans le profond de mon être... Je n'éprouve pour lui que répulsion, mépris, dégoût.

Il demeura sans répondre. Sa face était immobile comme ces mers qui semblent se roidir contre la tempête prochaine. Il dit enfin :

— Il y a dans vos paroles je ne sais quoi de dur .. non dans les termes, mais dans l'accent !

Je sentis qu'il disait vrai. Je devais avoir quelque chose d'âpre : il me déplaisait qu'il souffrit pour cette femme. J'évitai son regard :

— Croyez-vous ?

Son ton devint hésitant :

— Vous ai-je déplu... quelque chose de mon attitude vous a-t-il froissée ?

— Rien dans votre attitude ne m'a froissée.

Il chercha encore mon regard, comme le voyageur une lueur d'auberge.

— Vous me fuyez, dit-il... je vous ai déplu... peut-être sans cause... et c'est pire !

Il me parut que sa tristesse venait de changer de nuance, — qu'il oubliait son malheur dans la seule crainte de mon déplaisir.

Je l'épiai de côté, une ardente tendresse gonfla mon

cœur, j'adorai son visage sup-
pliant, ses beaux yeux qui ne
quittaient plus les miens.

Il demeura hésitant, misé-
rable; puis :

— Donnez-moi un conseil...
Faut - il partir maintenant?
Faut-il prévenir le rendez-
vous ou faut-il les surprendre ?

— Faites à votre volonté...
Comment voulez-vous que je
le sache ?...

— Je voudrais que votre
volonté fût mêlée à la mienne.

— Je n'ai aucune opinion.

— Ayez-en une au hasard :
ce sera la mienne.

Il se rapprocha ; sa voix était
humble, son geste tremblant.
J'étais violemment émue, mon
être se jetait vers lui comme

la brise de nuit vers les côtes ; mais je me raidissais, toujours préoccupée de sa souffrance, de sa jalousie pour l'*autre*.

— Êtes-vous vraiment sûr de m'obéir ?

— Aussi sûr que de mon existence.

Je n'osai reparler tout de suite, je voulus d'abord que mon cœur cessât un peu de gronder : je vis que dans un moment j'aurais joué mon sort, qu'une parole allait être le dé de mon bonheur ou de ma misère.

— Vous ne répondez plus ! s'écria-t-il.

Je baissai les yeux, je dis à mi-voix :

— Si je vous disais de n'aller ni prévenir, ni interrompre le rendez-vous?

— Je vous obéirais.

— Sans regret?...

— Je ne puis dire cela qu'à condition...

— Quelle condition?

— Ne vous fâcherez-vous pas?... J'ai peur!

— Je ne me fâcherai pas.

— Eh bien! chuchota-t-il d'une voix qu'interrompaient ses palpitations, je ne regretterais rien... ou plutôt tout mon ennui deviendrait bonheur, si vous me disiez, — comme quelqu'un qui VEUT en avoir le droit : Restez!

Je frémis de le tenir ainsi, sans réserve, et fermant les

yeux, je demeurai à savourer ma victoire. Un orgueil doux et passionné réchauffait mon âme flétrie, mon pauvre cœur de vaincue, et parce qu'il m'avait ainsi donné le triomphe, je vis que j'étais maintenant, en toute vérité, prête à donner ma vie pour lui épargner une peine. Je voulus qu'il dît encore une parole avant de sceller nos destinées, et, tout bas :

— Est-ce vrai !

— Ma seule vérité !

Alors, je levai les yeux, — nous nous regardâmes, — je dis avec tremblement :

— Restez !

En une seconde, il fut à mes pieds, il me baisait les mains,

— il pleurait comme un enfant. L'exil était fini ; ce monde, où je vivais captive, venait de s'ouvrir ; une tiède lueur d'avrillée brillait sur les terres bénies, et le timide étonnement du bonheur me tenait immobile :

— Vous êtes donc venu, dis-je à l'homme courbé devant moi... vous êtes donc venu !

Il répondit :

— Je ne puis croire que vous m'aimiez !

— Je suis heureuse d'avoir souffert.

— Et moi d'être trahi !

Nous demeurâmes à nous parler, la main dans la main, avec une telle certitude de

....

l'avenir que nous ne voulûmes même pas, ce jour, nous accorder un baiser.

Vers cinq heures, il dit :

— Si j'allais les surprendre maintenant, ce serait notre conquête...

— Allez ! répondis-je... je n'ai point de crainte...

Il demeura pensif, il parut vouloir partir, puis il se rassit :

— Non !... je ne veux aujourd'hui faire de mal à personne... que cette heure soit bénie même à nos ennemis... j'irai plus tard conquérir notre liberté.

Il parlait d'une voix d'enchanteur : je tremblais, environnée de prodiges. Une immobilité d'attente semblait

abattue sur la chambre. Je lisais en moi l'immense histoire
de toute l'humanité qui, chaque
jour, reprend aussi éclatante
et douce que l'aurore, et dont
l'humble ba-
nalité, à cette
même heure,
emplissait des
millions d'â-
mes de crainte
et de tumulte.

Et déjà j'a-
vais oublié le
rêve affreux
de mon ma-
riage.

Table

Table

Des Gravures

Dans l'avant-titre : Double suite
des Hors-texte tirés en sanguine.

Pages

FRONTISPICE : « Je méditais
longtemps... » (p. 16). .   1

HORS-TEXTE :   « ... Nous
étions seuls... » (p. 42).   37

HORS-TEXTE : « ... Il fut à
mes pieds... » (p. 74). .   61

Catalogue

" Collection Chardon Bleu "

Format 7,5 × 15

Prix : 2 fr. 50 le volume

G. KELLER. .	*Roméo et Juliette au Village*	1 vol.
E. RAMBERT .	*La Batelière de Pos tuen*	1 vol.
CHERBULIEZ. .	*Le Roi Apepi* . . .	1 vol.
A. THEURIET.	*Josette*.	1 vol.
CH. NODIER .	*La Neuvaine de la Chandeleur*. . .	1 vol.
C. BRUNO . .	*Madame Florent*. .	1 vol.

"Collection Papyrus"

Format 8,25 × 16,5

Prix : 3 francs le volume

J.-H. ROSNY.	*Les Origines*. . . .	1 vol.
Textes Originaux.	*Égyptiens et Sémites*	1 vol.
HOMÈRE . . .	*L'Iliade*.	2 vol.
HOMÈRE. . . .	*L'Odyssée*.	1 vol.

Collection " Nymphée "

Format 9,5 × sur 19

Prix : 3 fr. 50 le volume

PIERRE LOUŸS.	*Aphrodite*.	1 vol.

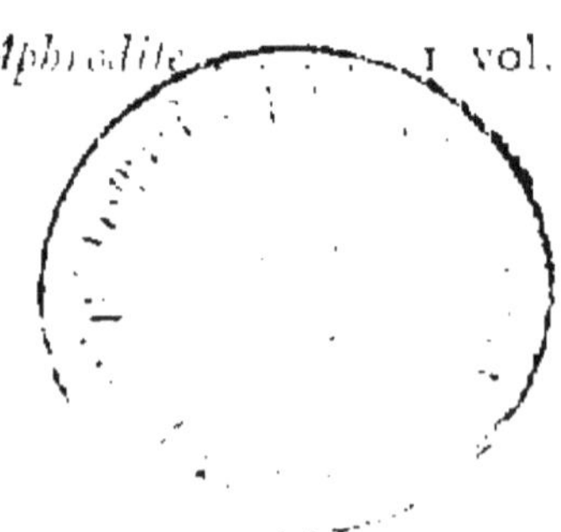

☆

Imprimerie des Nouvelles Collections Guillaume

E. GUILLAUME, DIRECTEUR

Borel. — 110, avenue d'Orléans. — Paris.

☆